歌集

死なない猫を継ぐ

山中千瀬
Chise Yamanaka

典々堂

*目次

装幀・ito mina
装画・あんのん

歌集

死なない猫を継ぐ

ノンフィクション

宇宙服を脱がないでここは夜じゃない部屋じゃない物語を続けて

非実在の引き金を引く仕草してそして始まる雨を見ている

ましてここは世界の終わりいりひなす緑虫《ユーグレナ》たちが水面に眠り

交わす約束のすべてを裏切りの伏線だって笑う友だち

友情を口実にした結婚をふたりこの国でもできたなら

おまつりと呼ばれる光の集合がたしかにあったこと町町に

目には目を　夢には夢を　悪夢には悪夢を　明ける夜ばかりでも

ひとが燃える映画はみんないい映画　ふたりでこわした銀馬なのだね

きみからの電話に出ずに海へ行き、骨。とおもって拾う貝殻

湯にかわるまでの時間をぼんやりと来世についておもってすごす

せっけんがうまく泡立つ日々にほらいつか死ぬような体がきれい

家族みんなにちゃんとおんなじ嘘をつく　送る　スカイツリーの写真を

笑うときはじけるように背を反らすやりかた君の本性は夏

おはなしにならないような関係を続けときどき買うお総菜

いつか死ぬ小鳥のことを忘れても世界史を覚えてる世界史を

うそでいいから虫たちに雪をあげよう溶けるからだを持ってうまれた

ひとりひとりの祈りのかたちにぴったりのサウンド・トラックつけてやりたい

お仕事へ向かいます無事に帰りますことごとく流星の日の晴れ

でもきみでなくてもよかったということ暮れる川辺でいつか話そう

とけるタイプの魔法だけ手に持っていてその手で垂らす線香花火

（ぼくたちは全ての物語の模倣）雪の降る日に手をつないだの

来世なんてないよそれでも手をひいてバッド・エンドへ導いてくれ

暴力太郎太郎

はじめよう　引越し後ながい年月を段ボール箱ですごした歌集

きみはきみにやつらの語彙で語ることを生涯かけて許さなかった

この先に海があるなら…　ら、　のあとに滲んだうちらの珠玉の夏よ

パレードの列に加わる　すりきれた地図に書かれた名前を呼んで

暴力から生まれた暴力太郎から生まれた暴力太郎太郎、あたしは

花のくき手折れば爪に花のにおい　花のたましいがどこにあろうと
知らされてなお朽ちることできなくて安売りのパンとか食べていて

酒瓶にさしたチューリップの赤につたえる元気な炎になりな

人間という語はレズビアンを指しそのほかみんな宇宙人だわ

よかったここを選んで住んで15分歩けば夜もスーパーがある

唇をなめる。お寿司の味がする。i will give you all my love.

煙の町

テレパシーへの憧憬をのみこんでプリンぷっちんして朝が来る

夢でなら祈りは魚でさかのぼる川は時間とおなじなのにな

ぬばたまのむだ毛ばかりが伸びていてそのいろいろで遅刻しました

先生が森さんを海《モーリエ》さんと呼ぶ　教室はさざなみに洗われる

傘と出て傘と帰ってくるときのおめでとうおめでとうという気持ち

空想のなかに何度も水没の故郷を　きれい。きれい。と言った

ヴィレッジ・オン・ザ・ヴィレッジ　生きているおばけと死んでるおばけ
の日々のパレード

新しいコインランドリーを見に行く台風と台風のあいだに

じいちゃんの帽子コレクションからひとつ永遠にいただいたニット帽

こっぱみじん　みじんこ　じんこうしば　しばし　待てば君寄りの駅に着きます

「涼子、雨が降ってきたよ」隣席の涼子が母から受け取るメール

きっときみの死だって第六感ではなくメールかＬＩＮＥで知るのだろうな
永劫回帰のなかで何度も死ぬ犬が何度もはちみつを好きになる

あれは製紙工場からの煙なんですみんなが上に行く用でなくて

目覚めたら食べようよピザ昨晩のつめたくなったマルゲリータを

熱帯のさかな哀しい詩歌かな　行かなくちゃあたしたちの暮らしに

生い立ち

サーカスは黙って行ってしまった。置いていかれた町で暮らした

折りたたみ式ふるさとを稼働させ転勤族の子らのままごと

ストリートビューで互いのふるさとを歩こうとした二〇一〇年

名付け親、そのあこがれに似たひびき　キャンディのつつみで包む宝石

小窓から伸びる光が客席のみなさんからは映画に見える

あたしにとっての海は瀬戸内海だからあの子は川とおもうだろうか

ちぎれそう　予告みたいにレズビアンと言えばこんなにとおい夕暮れ

虹の真似をするごと水は弧をえがき向日葵畑にひろがってゆく

言いかけのまま詩歌へと孕まれてあえてはらはら散るだけの花

手をつなぐつなぎめの皮膚この世には吹かない風もあるということ

待ってたと言えば待ってたことになる　あとは黙って自転車をこぐ

すれ違いを続けるあたしの人生と郵便局の営業時間

おむかいの窓もカーテンもひらいてて一家は光るテレビ見ていた

（行くあいだあかりを消してはならない　かわいた湖底の端から端へ）

映写機をあわてて止めた日のこともあたまでゆれるろうそくみたい

悲しくはなかった。それを言うために踊り場がある気さえしたんだ

あの夜のつづきの日々の真昼ゆく鳥貴族ずっと友だちでいて

たぶん次の次はまったく眠らずに最初から最後まで見るだろう

フル・カラーの人類と犬そして雨（映画史上に降る光たち）

光として降るしかない雨たちを連れ映画は何度も父母を産む

花図鑑より

アスチルベ

あんまりはやく過ぎてゆくから散らかったルームそのままべらぼうな旅

アロエベラ

明けの夢に老婆がふたり永遠の別バージョンのランプをともす

イセハナビ

犬には犬の千年があり歯も爪も夏を迎える　微熱のなかで

うたわなかった名歌のことや戻せないドミノ倒しの木の札のこと

ウメモドキ

エピフィラム

液化したピアノを飲んでフィナーレのライトのしたに向かうあなたただ

置いてきた機体をなでる　ざらついた輪郭、あおく透ける血管

オキザリス

帰らない気がした星も月もない晩、衝動を確かめようじゃん

カキツバタ

かさなったさき《カサブランカ》のことなどブラジャーに爛漫と咲く花実なでつつ

近景に燃える花《キンモクセイ》束　くれよって背中に言って、言ってみただけ。

ギンモクセイ

吟行に萌える花々　暮れる日々　背中合わせのいのりの日々だ

クレマチス

くちぶえの練習をする真夜中の地図はどこにも進めなくても

小鳥ならちょう《コチョウラン》ど向こうで歌ってるラタンボールなんか揺らしつつ

3秒のダークチ《サンダーソニア》ェンジのそのあとに虹のドレスであなたが笑う

ジグザグ《ジギタリス》に銀河を指した。たましいが理由になればすぐにでも　行く

ソーダ水《ソリダスター》にりんごをひたすだるい昼　ストリップシアターに行こうよ

タマツバキ

たちまちに町に立つ風　ついに順番がまわってきたみたいです

チドリソウ

血まみれで泥まみれだよリリカルな双翼でほらうちらは飛べる

トケイソウ

飛んでそして決して落ちない　いっさいの想像力は失われない

ナルコユリ

なしになるルールなのならこの世でも夢でも結婚・離婚をしたい

のうのうと会《ノアサガオ》いに行く　改札を出て学校前で落ち合う、わざと

はつなつの口笛《ハクチョウゲ》で黄の蝶を呼ぶ海の青さの現実離れ

ハナミズキ

反省はなしだ。　みずから水際にずらり並べた騎士だったから

ヒペリカム

秘密で飼うぺんぎんと一輪の薔薇　かつてうちらは向こうから来た

フブキバナ

不思議だわ舞台のうえで金と銀のバラードを生きながら死にながら

フユガラシ

風船の揺れる尾を7月のそのラッキーセブンの視線で追いな

ヘビイチゴ

減らないね、瓶詰めされたイカのわた　千代に八千代にごはんをおもう

マグノリア

また熊のグミをくれよねのびて縮むリアルなグミを秋の陽射しに

モッコウバラ

もっとはやく小鳥となって歌えたらバケツに花火の落花は跳ねて

ヤエムグラ

約束がエンジンだから無垢と呼ばれぐっとこらえた裸身で生きる

約束はまだ必要じゃない　ふたりライムライトのしたで踊れば

ヤマナラシ

ユキノシタ

夕暮れに金魚が溶ける望まれてしあわせになるたましいなんて

ラナンキュラス

ラストシーンを何回も見た。急にもたらされた解を好きになれずに

レンゲツツジ

連勝のゲームを降りて使い切るつもりだよ蕩尽をごらんよ

ワスレグサ

わー、みんなすばらしい幽霊となり群舞のなかにさよならなんだ

ワトソニア

罠だってとっくに知ってそばにいるにおいのつよいあかい口紅

はるちる

でも行かなきゃって思うとき覚める夢

ぶんぶんぶんぶんのあいだあいだに　る　を入れる

火をつけて逃げて彼らはそれっきり
なんとなく個室に長居してしまう
あとのないしらうおたちの踊り食い

ほんとうは嘘と知りつつおくる船
ちょっと泣きアクエリアスで補った
なんだって言い合える仲を蜂とやる

生活に降る雨なんの罰でもなく
目の端でハエトリグモが蟹になる
一〇〇年のやばいゲームを続けよう

のばら枯れ　のばらおそらく幸せに
罠だってかまわん銀のずる休み

きゅ　きゅ

枝分かれした運命のいくつかのピーマンだけが具のナポリタン

あなたにだけ見えることりとあなたとが一緒にいなくなる瞬間

自販機でしるこ買うたびよみがえる冬の海釣り　釣れたのだっけ

スノードームを激しくシェイクするあいだイルカに喝采のごとく雪は

ハムスター一匹を選ぶことできず5匹まとめて買ってくる兄

火星人はきっと愛しい数人の地球人のみ見分けるのだろう

雪の町はうつくしい名を持っていて発音できないのだあなたには

これ誰が入れた曲?って笑いながらすべてがこの世の限りの遊び

すすんで手をあげて遊覧船に手を振るどうせハッピーエンドだからな

書くことでやっとあたしは出会わせる少女のあなたと少女のあたしを

死者と生者ふたつの異なる性でするヘテロロマンス　舞台のうえの

泣いたかどうか確かめてから妹はじぶんも泣いたと告白をする

正社員よりも正義のヒーローになりたいよハム美、嚙まないでハム太郎

台無しにする　夢だから比喩でなくあなたと星をむさぼっていた

できるならずっと見張っていたかった夜なかみんなのカードゲームを

三度目の豆苗　お前のくせはもう覚えたからなと向かう強気で

「あ」を補う赤字を入れる「たたかい」と「家庭」きらきら並ぶ紙面に

きゅ　きゅ　て、マトリョーシカをぜんぶ並べ撫でてそれから棺に入れた

逆再生でおばけの声がきけるという　おばけ　チャーミングやねとおもう

おうどんに舌を焼かれて復讐のうどん博士は海原をゆく

いつかあなたがつくった句集そのなかで永遠に羽をやすめる蝶よ

ここがかつて遠浅の海だったこと告げる看板　　さみしいな

花には花を　花の名前を持つひとに会いにいくときたずさえる花

牛乳が切れたら次の牛乳をあぶない橋を渡るみたいに

あの子ひとりで

あたしたち百年も経てばもういないのだけれど、愛しているよ。
生活や海や町、愛してる。あたしたち。

愛するだけで足りるあなたのししむらを食べる（うそだよ）ちりちりと雨

ひゃー秋の雲とべば秋　狙い撃つんだろうひかる木犀あれは

たましいは手指をもたずばらばらに燃えるからだのうすい境目

いつかこうなることを知っていたわ夏　のみどにみずをだれが遣っても

煙る町　連雀がゆく　どこへでもあいにゆくときいなずまをきく

神経はてらいなく町の陰影をルイボスティーをよろこんでいた

せんせい、生きているのがやだ。と香奈が言うつらくなくてもやだったね、

香奈

嘘でいい見ていればいいやまいぬがまつる獣の血のなかの薔薇

あたしたちいばらの棘を示し曇天にわらえば類歌でもいい

あいしてる（たぶんね）愛して死ぬ（きっと）手向けた花が（散っても）
きれい

バラかわく

りんじんがいってりんかにばらがわく

そのひとの癖ゆれがちな左手

ひとはものがたりをなんど生きたって

火と刃物　お料理は死にちかくてヤ

人生にこれだけのおうどんがあり

ほんとうは同一人物なんでしょう

ごめんねと言われてつぶされて羽虫

橋をゆくたしか欄干はなかった

言い切って怖くなくなる声　いい子

二杯酢とそれからこれが三杯酢

薔薇が乾いてチョコの箱にぴったり

わたしの好きなおんなともだち

いつかあそびつかれて八十歳で飲むだろうおいしい毒の話を

江ノ島に行こうと言えばほんとうに江ノ島に行く魔女ふたりたび

雨でなく波くだかれて降る岸辺すぐにふるえる声が邪魔だな

ルールのないしりとりだから終わらない。　レアメタルって3回言った。

鳥と風いっしょに飛んでゆくを見る　その奥で金色の日が落ちる

宿敵として出会えたらヒマワリでなくどの花を贈っただろう
たましいと喧嘩を売ってあたしたちパーティーに君臨しようよね

永遠だとしても、儚くなくてもめっちゃきれいな夕日とおもう

おみくじがいまさら何を出したってこれはするべき旅だったのだ

詩を採って笑ってやった（嘘だけど）恋か殺しか死かせまられて

強風の橋わたりつつわたしたち生まれたくって生まれたように

死なない猫を継ぐ

復讐になったのはいつ一生に幾百のパフェ食べきることが

きみがやめてしまった煙草からのぼる白い煙のなか見てた町
震災のことを言わなければうそで嘘でもよかった5月だけれど

汽水域を寄り添う二匹の金魚がどうなったのか憶えていない

やつらの星の言葉で言えば奪われており　だから何　野茨が咲く

どうせこれも抜け出すためのパーティーだフリルに銀のナイフ隠して

そうあれがこの世でいちばん明るい星　お寿司のパックの半額シール

いつまでもあたしのものにならん声をそれでも30年を暮らした

花を火の比喩として手に集まって交わす世界を燃やす約束

骨を拾う記憶がとけてまざりあい誰の骨だかわからなくても

友だちの手の花火から火をもらい蛇花火うれしそうにのびよる

ごめんねちゃんとふつうにあきらめられなくてごめんねちゃんと燃やしたるけん

あたしはあたしを滅ぼすために暮らしあなたもでしょう　パフェをおあがり

逃げ延びたテルマとルイーズが迎える黒い子猫の名前をおもう

水底の暮らしはつづき冬の息が白いみたいに吐いていた泡

何も入っていないちいさい軽い箱　不在がかなしいってバグみたい

（このあとに戦争が来る）とおもいながら指はページをめくり続ける

さいごに残した銃弾のよう友だちにもらったジバンシィのリップは

仰向けに本をひらけば落ちてくる無数のしおり代わりの半券

あなたから欠けたのがもしあたしでもバラバラの一生でいましょうね

それが今日じゃないってだけでいつか仕事を突然サボって海に行くから

指差して子どもは笑うおさかなの毛皮、と　スパンコールの衿を

映画という祈りの端で手をとって駆け出す女たち、こぐまたち

でもきみはその称賛に振り向かずひとり花野に去ったっていい

そしてまた水道水の旬が来る冷えた素足で廊下をゆけば

あたしたちは死なない猫を継ぐ種族　本棚の本まじらせながら

霧笛

どのことばを捨てたか捨てたから言えない

ちゃんと信じるから化けて出て

うそつきの才能が枯れるまでを見る

じゃあ次は大きいほうから数えよう

あなたがきいた霧笛だ　行きな

全部たましいが答えになるクイズ
羊になっても数えないでね
何の歌？　何の歌でもない歌だよ

きんぎょさよなら

あなたは別に、あたしの嘘だったたってわけではない。好きな男の子のタイプを訊ねられ、姉と同じひとを好きになるのだけは嫌だなって笑って見せた女の子。日々はぜんぜん大丈夫だった、とも思うし、じっさいきらきらと楽しかった。自分自身を指す言葉としてそれらを見つけたとき、ひとに告げたとき、あたしはまっぷたつに分かれて、暗い銀河に放り出されてしまったみたいだった。あなた。つまりもうひとりの、言葉を拾わず誰にも告げなかったあたしのことを、あたしは今でもよく考える。あなたとあたしがまだひとりだったころの風景は思い出のなかで二重露光になっていて、でも、どちらも嘘じゃないって、繰り返し念じている。

こわされるほうのかかりに任じられ少女たち、おそろいの夢たち
ナプキンの羽をつたって落ちてくる血よ飛ぶための羽がよかった

黒板になまえを書けばゆびさきに白、しろい蝶を死なせたみたい

君の逆睫毛のいっぽんいっぽんを蝶の軸にして蝶ごと飛ばす

きんのあみきんのあみくるくるくぐりどこにも続かない道を行く

おっぱいの役割は〈やわらかい〉だけでいい　夏服のしろのやさしさ

いきもののにおいをスプレーで消してあたらしい光などのそぶり

「ミジンコ見えないけどいるんなら愛もあるね」「ちいさくてよわいいきものだろうね」

どう埋めても空っぽのままのくちびるでデジャ・ヴのヴって音が嫌い

水筒のみずぬるくなり放課後の教室、ともだちごっこはだるい

坂道をくだる　いちめん夕焼けのなかで少女ら燃え残ってる

相似形の影を踏み合いこれからもあたしたちひとりひとりがひとり

鳩そんないっせいに飛んではいけないもっと傷つきたいんだあたし

息を止めて見ている。きみがものまねをするのを、うさぎのまねをするのを

さかなお前に思想は要らぬすべからく背中の羽も削いでしまおう

ひりひりと遠ざかる星　消えていく言葉ばかりをただしくおもう

金魚飲み込んでも金魚あたしにはならないからかなしいね、金魚

窓際の少女の肥えたゆびが指すふるさとには観覧車もなくて

同じ色の花を摘んだって足りない　きみとそろいのふるさとが欲しい

みどりいろに変わって金魚鉢はそっとひとつの生き物みたいに呼吸

来年にはじまるのは来年の夏　落ちたセミだけ拾って歩く

終わる夏のために線香花火しようしようって話ばかり何度も

ビー玉は堕ろすね（ロング・ロング・アゴー）音のないタイプの雨が降る

発するほどに乾いてく唇たちのため後のないリップクリームふたつ

カレンダーガール

ひとさじのもらった苺パフェ甘い　このさき忘れるぜんぶがひかる

死《スメルチ》が女性名詞と知るときの　さいごに老女の手をとる女
心臓に遠いところから慣らそうもらった銀のマニキュアを塗る

友だちになろうと言って友だちになるような遠回りがたのしい

ブラというかわいい布を選びつつ仲を深めていく日々だった

途中下車しようＴＳＵＴＡＹＡに行こうあと三駅ぶんを歩いてみよう

はげかけのマニキュアはそのままに見る映画にわかれゆく少女たち

必殺技に名前をつける権利ってまだ有効？　うん　そうなんだ

見たかった　かれらが添い遂げてからのいやに長くてしかたない暮らし

精密な虫よ　画面に飛んできてわざと読みまちがう誰かの詩

左耳にゆれるピアスの金具からこおってしまう。と思う日がある

総集編のような気持ちがふたりにも夜毎おとずれるでしょう（予言）

ああ通過していく電車あれはみんなあなたを見送りに来たひとたち

なんどでも地図はたたまれあたしたちの故郷、故郷のくしゃくしゃのキス

恋と言うほかにないなら恋でいい燃やした薔薇の灰の王国

栄光をふたりは語り、映画ならここで降るゆきだろうか。　さあね

空港でピンキーリング選び合うだれも死なないまま物語

おそろいのマニキュアを見せびらかしてわかれゆくとき　ガール、いいんだ

（また出会いましょう！　ほんとうを言うのとおなじ気持ちで打つメールだよ）

飛行機と呼ばれる距離と時間との愛のたたかい　おそれてもいい

いっせいに暮れるパラレルワールドにきみを決断ごと愛してる

記念撮影

さかなをやめてとりをあやめていくつもの橋を渡って見にゆくシネマ

街に出るたびに誰かが靴紐のほどけてるって教えてくれる

ああすべて時代のせいさと言うかおで飛ぶとりの群　綺麗。とおもう

飽きるまで暮らしましょうね鳥たちをレンズにとらえてすぐに忘れて

あたしにこころがあればあなたにあげたって気もするよ醤油餅と一緒に

最賃が一五〇〇円になるように職場の笹に吊るしておいた

たましいの言いかけの町・多摩市にはたましいの代わりの川・多摩川

雨降りに近景ばかり冴え渡りずっともどらない猫がいるんだ

フイルムのきれはしを陽に透かしつつサウンドトラックだよこの帯が

家族旅行の記憶のなかの足よりもでかいナメクジとの記念写真

トーキョーに逃げてきたってのは嘘で捨ててもいないふるさとだけど

恐竜の一部は植物となって絶滅をまぬかれた　それがゴーヤ

たわいないこころのささえ　なし狩りの梨がとってもぬるかったこと

初夏《はつなつ》のひとつめの「つ」のころだった初めて包丁を研いだのは

夕焼けをiPhoneはこんなふうな色で見ているんだね背伸びして撮る

ふるさとの銘菓をひとに贈るときどうしてすこし怖いんだろう

いい桃を分けてもらって持ち帰る　友だちの心臓を運ぶみたいに

奥付の誤植をなぞる千年に二度来る夜なんてないんだよ

あたたかいほうがコピーだからちゃんと冷たいほうの原紙に印を

グッドラック

（あたしはあたしの手札すべてを墓地に送り召喚されたモンスターだよ）

またきみが去ってやつらが残るのを一〇〇年を二〇〇年を見ていた

ただの傷、ただの暮らしを劇薬のようにかくして待つ西武線

（雨は？）雨は、降ってた。
（傘は？）ささんかった。この世の語彙で言えばそれだけ。

流されんためにつないだ手かもだけど渡り終えても触れていいかな

きみのことは知らない何も左手に空っぽの水鉄砲さげて

電車がまいりますまいります風が起こりますすきみは一瞬目を細めます

光の音が怒りと似てるあたらしいひかりのあさに目を細めます

一〇〇年じゃとても足りない夢を見てその後のあたしの猫をよろしく

よろしくじゃないよな　それでも手を伸ばし友だちとゆく花道なんだ

わらびもち

ほんとうのわらびもち　うそのわらびもち

きらめきをみなとじこめてわらびもち

ちぎっては投げぼくたちのわらびもち

作戦名…忘れたすぐに楽になる

夕景があの子をフォトジェニックにして

レンジには入れないように言われました

花を傷の比喩と読みちがえていたの

かわいいを集めたデッキで勝ち進む

宿敵をこの手で育てるような恋

銀紙が降りスノードームだと知った

劇場の雨漏り　メタとサーガが好き

ぜんぶ夢の話（だとしても）

二時　眠りにかたむきながら思い出す職場に忘れてきた傘のこと

リリックと離陸の音で遊ぶとき着陸はない　着陸はない
手触りもにおいも透け感も忘れて名前だけ覚えてるんだろうな

犬小屋はまだ残ってた　どうやって犬もおばけになるのだろうか

晴れとったら向こうの岸まで見えるのにってみんな言うね　ずっと雨だね

非正規の30代が集まって川辺で探す　よく飛ぶ石を
石を投げる。石が戻ってくるを待つ。その一〇〇年を笑ってすごす

場違いだったと思う　けどいい　靴底にくっついて海を越える花びら

人形のための小さい服を買う棺のことを考えながら

生きていたことがなかったことだってあなたには当たり前なのだから

友だちがカラオケで歌ってた曲だ、と気づく。何年もあとに

踊ってもいいんかなこの踊らんで生きられる重い水のからだで

さよならに合わせて振られた手のリズムで揺れていた影　むらさきだった

風の音　浅瀬でハゼの跳ねる音　なぜ死んだのと誰に言えって

明け渡すべき感情も持たないで手花火の火を分け合っていた

振り返るたびに小さくなる猫が地上の端にまだ光ってる

明けない夜はなく眠くない朝はない最近は牛乳を切らさない

それはなお続くはるさめ　銀河まで寄ろうそのあと嘘をゆるそう

怖くないのも怖いのも本当で車窓から撒く七億の花

あとがき

すごく強烈に覚えていることがあって、小学生になりたてのころの遠足だったはず。小さい森みたいな場所に行った子どもの私は、「トトロを見た」と報告したのだった。森に行った子どもってものはトトロを見たと言うべきだろうと考えていたから。でもそれは正解ではなくて、嘘を言うのはよくないよって、微妙なかんじになってしまった。むつかしかった。

物語を書くのはずっと好きだった。

中学一年生のとき、国語の先生がテストに作文を書かせる問題を出し、「本当のことは書かなくてもいい」と言った。そこからは作文も好きだった。

本当のことを書かなくてもいいし言わなくてもいいって考えると、少し息がしやすくなる。それに、本当のことを言って起こるかもしれない困難から誰も守ってくれないのに、嘘はいけないだなんて、なんで言うんだろう。

いいえ、そもそもわたしはからっぽで、本当のことなんてひとつも持っていなかった。誰だって何か本当のことを胸の内に持ち、それを差し出すのが他人とかかわるということだ——そういう錯覚を持っていたから、からっぽでいる自分が不安だった。

嘘をつくのが好きな子どもだったわたしと、必要だから嘘をついている子どもだったわたしの、両方をずっと連れてきている。

嘘の必要性をなくすために、ただ好きってだけで嘘をつけるようにするために、こうやってものを書いているんだよって気もする。

伝わるかな、どうだろう。

*

この歌集には、二〇〇九年から二〇二四年に作った歌と川柳をまとめました。並び順と発表年に結びつきはなく、発表時とは大きく変えた連作もあります。「わたしの好きなおんなともだち」が「短歌研究」二〇一六年二月号の特集［相聞・如月によせて］に寄せた連作をもとにしていること、「グッドラック」が「短歌研究」二〇二三年四月号の特集［短歌の場でのハラスメントを考える］に寄せた連作であることは記しておきます。

ずっと出したかった歌集なので、こうして出すことができてうれしいです。そばにいてくれた短歌の友だち、短歌ではない友だち、友だちとは別に支えてくれたりかかわってくれた人びと、みんな本当にありがとうございます。この本を手に取ってくれた、どこか遠いところの、ぜんぜん知らないあなたも。

よい一〇〇年を。

山中千瀬

山中千瀬　略歴

1990年　愛媛県生まれ
早稲田短歌会を経て、現在無所属
2023年　第11回現代短歌社賞次席

歌集　死なない猫を継ぐ

2025年1月20日　初版発行
2025年6月6日　三版発行

著　者　山中千瀬

発行者　髙橋典子

発行所　典々堂
〒101-0062 東京都千代田区神田駿河台2-1-19
アルベルゴお茶の水323
振替口座 00240-0-110177

組　版　はあどわあく　印刷・製本　渋谷文泉閣